20 JANVIER 1920

DÉJEUNER

EN L'HONNEUR

DE

MADAME JULIA BARTET

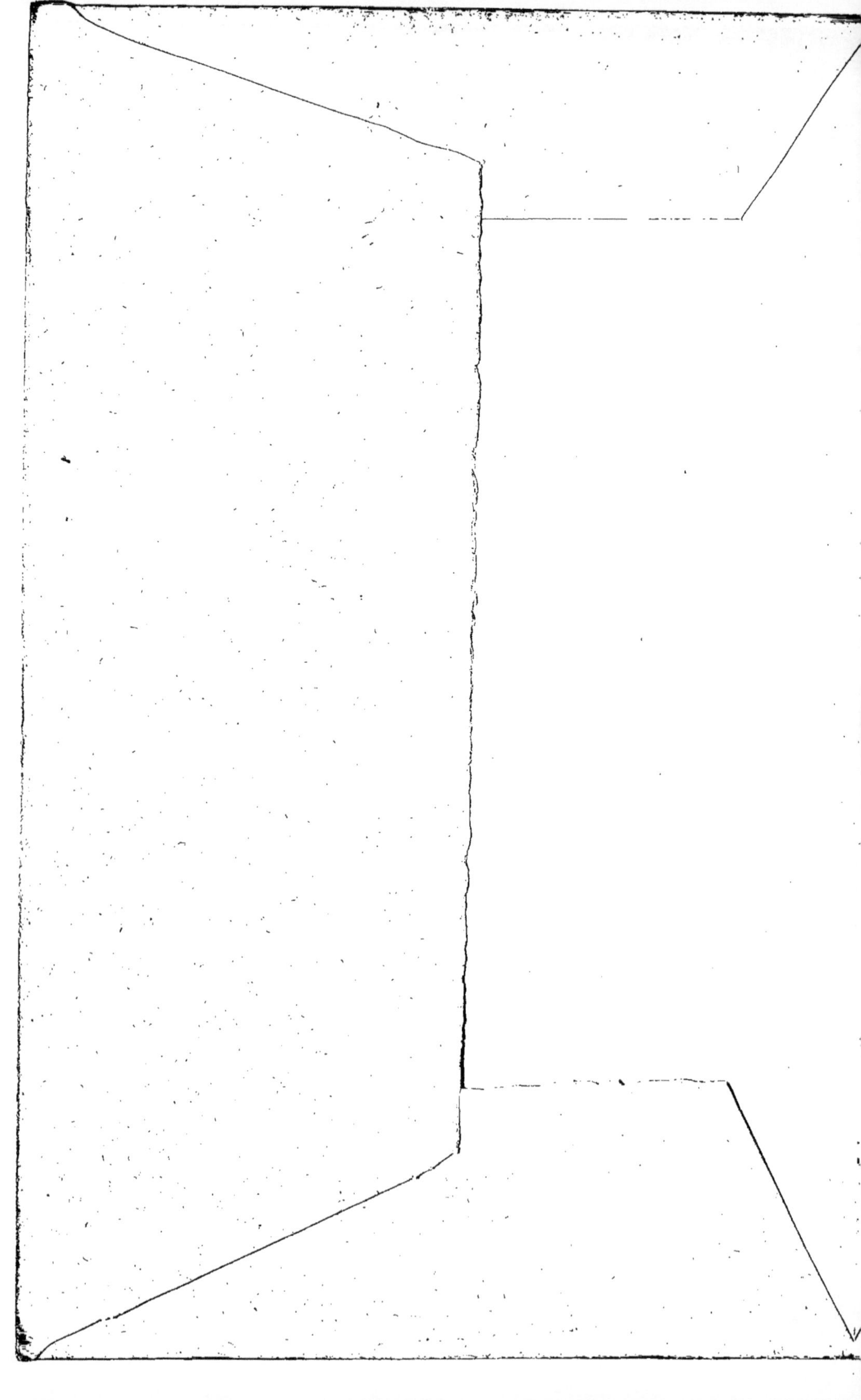

20 JANVIER 1920

DÉJEUNER

EN L'HONNEUR

DE

MADAME JULIA BARTET

Cliché Boissonnas & Taponier.

DÉJEUNER

EN L'HONNEUR DE

MADAME JULIA BARTET

SOCIÉTAIRE DE LA COMÉDIE - FRANÇAISE

MARDI 20 JANVIER 1920

DISCOURS ET POÉSIES

PARIS

IMPRIMERIE NATIONALE

MDCCCCXX

Madame BARTET, engagée à la Comédie-Française à dater du 1er septembre 1879, Sociétaire depuis le 1er janvier 1881, ayant pris sa retraite le 31 décembre 1919, a été nommée Sociétaire honoraire, à compter du 1er janvier 1920.

Par décret en date du 15 janvier 1920, Madame BARTET a été promue au grade d'Officier de la Légion d'honneur.

Au déjeuner offert à Madame BARTET, à cette occasion, par ses amis & ses admirateurs, le mardi 20 janvier 1920, à l'Hôtel Continental, déjeuner auquel assistait M. Paul DESCHANEL, Président de la République, les discours suivants ont été prononcés.

ADRESSE

DU PETIT PERSONNEL DE LA COMÉDIE-FRANÇAISE

LUE

PAR MONSIEUR SILVAIN.

MADAME,

Au moment où les plus hautes personnalités françaises se réunissent autour de vous pour célébrer le dévouement & la splendeur de votre carrière, veuillez accepter ces fleurs que vous adressent comme un témoignage de leur affection & de leur respect les modestes serviteurs qui appartiennent au Petit Personnel de la Comédie-Française.

Leur envoi vous montrera que l'hommage qui vous est si heureusement rendu est voulu d'une façon unanime par tous ceux, grands & petits, qui vous ont dû quelques-unes des grandes joies de leur vie.

DISCOURS

DE MONSIEUR ÉMILE FABRE

ADMINISTRATEUR GÉNÉRAL

DE LA COMÉDIE-FRANÇAISE.

MONSIEUR LE PRÉSIDENT,

MESDAMES,

MESSIEURS,

MADAME ET CHÈRE SOCIÉTAIRE,

Lorsque le Marquis de Montausier entendit célébrer l'esprit & les mérites de la belle Julie d'Angennes, il s'adressa aux plus grands poètes de son temps. Chacun d'eux (Corneille, Racan, Scudéry, Chapelain, vingt autres) composa un madrigal sur la vertu singulière & symbolique d'une fleur. Le calligraphe Jarry écrivit les vers. Le miniaturiste Robert dessina les fleurs, sur un vélin choisi, &, dans ses claires aquarelles, rendit leur fraîcheur éclatante. Ainsi fut composé le précieux recueil de *La Guirlande de Julie*.

Aujourd'hui, des hommes d'État éminents, des

orateurs magnifiques, des écrivains illustres, des artistes qui comptent parmi les plus émouvants de ce temps, des comédiennes & des comédiens renommés se sont réunis pour tresser une nouvelle guirlande : *La Guirlande de Julia.*

Nous sommes profondément émus de voir se joindre à nous, en cette circonstance, M. Paul Deschanel. Une élection triomphale vient de le porter à la Présidence de la République. Il a tenu à montrer, dès le premier instant, que dans sa haute fonction il restera l'ami des Arts, & que, comme disait Montaigne, «nourri aux Lettres dès son enfance», par un père éclairé, il restera fidèle aux Lettres.

M. Léon Bourgeois, lui aussi récent triomphateur, & qui me permettra de l'appeler ici, non pas «Monsieur le Président», mais «notre cher Ami», M. Léon Bourgeois s'est arraché à ses occupations du Sénat & à cette Société des Nations, dont il fut le précurseur & l'apôtre inlassable, afin de manifester une fois de plus aux artistes ses sympathies agissantes.

Enfin, je dirai notre reconnaissance à tous ceux, à toutes celles qui ont tenu à participer à cette fête, & surtout à M. Léon Bérard, qui a profité de son trop court passage aux Beaux-Arts pour donner par avance une sanction à l'hommage que nous méditions de rendre à Mlle Bartet.

Pour ma part, j'avoue que je me suis senti tout confus à l'idée de prendre la parole devant une assemblée où tant de personnalités auraient été mieux qualifiées que moi pour louer Mme Bartet, lui offrir cette couronne de notre admiration, qu'elle ne reçoit sans doute que gênée & contrainte, elle qui toujours a fui la publicité tapageuse, qui a pris comme emblème l'ancolie — *occulta redolens* — & qui aurait pu prendre comme devise le vers fameux :

Ami, cache ta vie & répands ton esprit.

Mais enfin, j'ai fait réflexion que, pour une fois où l'Administrateur de la Comédie pouvait parler sans qu'on le critiquât, il fallait se hâter de saisir une occasion si rare, qui, par surcroît, me donnerait le plaisir de dire publiquement à Mme Bartet les sentiments secrets de tous ses camarades.

C'est d'abord, Madame, une gratitude infinie pour avoir consacré à la Comédie-Française votre vie entière & toutes les ressources de votre pur & tendre génie.

Tandis que d'autres, vite lassés du joug & de la règle, se sont évadés de la Maison de Molière pour courir le monde, vous êtes restée fidèle au théâtre qui vous accueillit presque à vos débuts. Au sort des comètes errantes, vous avez préféré la destinée d'une belle étoile fixe, attachée à sa constellation

& qu'on sait toujours où trouver en regardant le ciel. C'est d'avoir brillé pour nous seuls que nous vous remercions aujourd'hui.

Nous vous remercions encore de cette abnégation qui vous fit sacrifier vos intérêts propres aux intérêts de la Maison, de ce zèle qui ne s'est jamais démenti, de ce dévouement auquel jamais on ne fit appel en vain, car jamais associée ne fut plus dévouée à la communauté.

Il y a trois ans, lasse & souffrante, obligée de s'éloigner de la scène pendant quelques semaines, Mme Bartet m'offrit sa démission.

On était en pleine guerre. Le canon de Verdun tonnait encore. Une sourde inquiétude habitait les esprits, & les âmes les mieux trempées avaient parfois comme un fléchissement. Le public devenait rare dans les salles de spectacles. Notre troupe, privée de tant de jeunes hommes qui faisaient leur devoir aux armées, luttait avec courage, multipliait les reprises & les premières, mais n'encaissait que de maigres recettes.

Je représentai à Mme Bartet dans quel trouble nouveau son départ jetterait la Maison, quelle diminution de prestige elle en subirait. « Eh bien, me dit-elle, si vous croyez que je puisse encore vous être utile, qu'on dispose de moi. Je resterai jusqu'à la Paix. »

Ah ! Madame, comme j'eus raison d'insister ce

jour-là! Que de joies vous nous réserviez encore! Vous paraissiez dans *La Triomphatrice*, dans *La Course du Flambeau;* enfin, vous jouiez cette *Hérodienne*, où l'on doute si c'est la princesse juive qui module les plaintes pathétiques de l'amante blessée renonçant à Titus, malgré Titus lui-même, ou si c'est l'actrice qui fait des adieux déchirants &, contre le gré même du public, renonce à ce public.

Dans le même temps, vous reviviez pour nous ces rôles de Molière, de Hugo, de Marivaux, de Racine, de Musset, ces rôles du répertoire que vous avez marqués à votre effigie, d'une empreinte profonde. Le Répertoire! Nous pouvons l'affirmer, à la louange des Sociétaires & des Pensionnaires de la Comédie-Française, ce qu'ils se disputent, c'est moins le plaisir de jouer cent fois quelque rôle brillant que celui d'incarner pendant un petit nombre de soirées, & parfois pour la seule joie des vrais amateurs, l'un de ces personnages redoutables que créa le génie des poètes. Oui, nos artistes ne consentent les sacrifices matériels qui leur sont imposés que par amour du répertoire, ce trésor de la Comédie, cet orgueil de notre littérature. Les grands dramaturges ont créé le théâtre des Comédiens français, les Comédiens français entretiennent leur gloire. Je ne sache pas qu'il y ait de plus haute, de plus noble mission.

C'est dans le répertoire que Mme Bartet a remporté ses succès les plus notables. Qui ne se souviendra de son Andromaque & de sa Bérénice, de Silvia, d'Armande, de Camille? Elle a compris que les artistes ne sont grands qu'autant qu'ils ont abordé de grands rôles. C'est là qu'on les attend & qu'on les juge. C'est là qu'ils donnent la mesure de leur intelligence & de leur sensibilité.

On s'est demandé, il est vrai, quel peut être l'apport personnel du comédien dans un chef-d'œuvre. Mais, outre que certains personnages, & les plus poétiques, Hamlet ou Oreste, Silvia ou Camille, Alceste ou Faust, ont une physionomie complexe & mouvante, qui permet à l'acteur de souligner tel trait, de cerner tel contour, de faire ainsi œuvre de collaboration; aux autres, l'artiste prête l'attitude, le geste, la voix, dont les inflexions infinies marquent les nuances infinies du sentiment. Dans une situation identique, il n'y a pas deux bouches humaines qui aient poussé le même cri. C'est l'art du comédien de trouver l'intonation juste, l'inflexion unique, où tout un caractère se trahit, où toute une passion se dévoile.

C'est dans cet art que vous excellez, ma chère Sociétaire. Par vos accents personnels, vous ajoutez quelque chose à la psychologie des héroïnes que vous incarnez. Sans doute, toutes les chansons de l'amour que vous avez chantées, tous les lamentos de la passion que vous avez pleurés, étaient déjà notés par les poètes, mais vous leur avez prêté votre voix, pure, grave, veloutée, qui traduisait d'abord le sentiment du texte écrit, & puis, & surtout les agitations d'un cœur multiple & d'une âme passionnée.

Harmonieuse & mélodieuse, eurythmique, ce qui fait la marque de votre talent, essentiellement français, c'est le goût & la mesure, l'instinct secret qui avertit que la limite qu'il ne faut pas franchir est atteinte, qu'au delà il n'y aurait, dans l'attitude & l'accent, que désordre & vulgarité. Votre méthode de composition s'apparente à la méthode de nos Maîtres, architectes, peintres ou écrivains. On la retrouverait dans le dessin des jardins ou de la façade du château de Versailles, dans une tragédie de Racine ou un tableau du Poussin.

Mais ce n'est pas seulement dans le répertoire que Mme Bartet aura triomphé. Elle a mis toutes les ressources d'un talent, riche en émotions, au service de plus de trente auteurs modernes. Son nom restera attaché à la production dramatique contemporaine. Non, certes, que la Comédie ait joué toutes les pièces significatives qui ont paru entre les deux guerres : il lui eût fallu pour cela non pas une, mais deux & trois scènes tant la floraison a été abondante. J'imagine d'ailleurs que lorsque la postérité fera le compte de ces œuvres, si nombreuses

& variées, appartenant au théâtre d'observation & au théâtre d'imagination, au théâtre d'amour & au théâtre social, on demeurera stupéfait que des critiques avertis aient pu dresser un procès-verbal de carence de l'art dramatique, au moment même où sa sève renouvelée donnait des rejetons si vigoureux.

Mme Bartet a interprété Daudet, Augier, Dumas, Sardou, Meilhac & Halévy, Pailleron, Silvestre, Maupassant, Hervieu, Mirbeau, Lemaître, & puis Bataille, Bernstein, Bordeaux, Brieux, Capus, Curel, Donnay, Ganderax, Girette, Lavedan, Poizat, Richepin, Rivollet, Trarieux.

Elle s'est donnée à leurs ouvrages sans réserve & jusqu'à la limite de ses forces : des mains expertes ont pu tirer de ce clavier à la fois les plus suaves & les plus puissantes harmonies.

Mais vous avez fait mieux que de jouer des rôles, Madame, parfois vous les avez inspirés. Sans le savoir, sans le vouloir, vous les avez conditionnés, si je puis dire. Par un étrange renversement, l'interprète devint la créatrice. En travaillant pour vous, il fallut tenir compte des qualités mêmes de votre talent, tout de pudeur & de réserve. C'est donc pour vous qu'on créa ces héroïnes chastes & dévouées, ces femmes si françaises (l'épithète revient invariablement sur les lèvres quand il s'agit de vous), ces femmes, dis-je, que le cœur gouverne plus que les sens. S'il vous est arrivé parfois d'incarner une épouse coupable, du moins ce n'était pas l'adultère orgueilleuse qui se complaît dans son crime, l'impudique guenon du pays de Nod, mais la femme repentie & pleurante, qui connaît la grandeur de sa faute, & tâche de la racheter.

Ainsi, par un détour inattendu, votre talent, quand on l'employait dans sa vertu & avec ses qualités distinctives, conférait aux œuvres où vous paraissiez une sorte de dignité morale. C'est de cette rare influence que vos admirateurs ont voulu vous remercier aujourd'hui.

Mais vos camarades du Théâtre-Français vous doivent bien d'autres remerciements.

Dans une maison que tous les associés souhaitent dévouée à l'art, où le succès d'une belle œuvre fait courir, des doyens jusqu'aux plus jeunes pensionnaires, comme un frémissement de plaisir, vous avez donné l'exemple d'une vie dédiée à l'idéal commun; vous aurez forcé l'admiration & le respect de ceux qui ont été les témoins de votre existence quotidienne.

Votre persévérance dans l'effort, votre labeur obstiné, en pleine maturité de talent, pour atteindre la perfection, seront proposés en modèle aux Sociétaires futurs, — & aussi votre dévouement total à cette petite république qu'est la Comédie-Française, à cette sorte de syndicat professionnel formé avant même que le mot ait paru dans les traités d'économie politique, & régi par des règles sages, que deux siècles d'usage ont éprouvées, & auxquelles il ne faut jamais toucher que d'une main légère.

Si vous restez sourde aux appels du public, de vos amis, de la Comédie-Française, si, au zénith de votre carrière, il vous plaît de disparaître, nous vous payerons aujourd'hui notre tribut d'admiration & de reconnaissance.

Nous donnerons notre applaudissement suprême à l'actrice qui n'a pas voulu qu'on l'ensevelît dans les funérailles solennelles d'une représentation de retraite, mais qui, comme dans une apothéose, aura disparu aux regards étonnés des mortels. Ainsi, celle qu'on avait surnommée «la Divine» aura gardé jusqu'au bout quelque chose d'une divinité.

DISCOURS

DE MONSIEUR ROMAIN COOLUS

PRÉSIDENT DE LA SOCIÉTÉ

DES AUTEURS ET COMPOSITEURS DRAMATIQUES.

MADAME,

Les auteurs dramatiques seraient des ingrats si, dans ce déjeuner donné en votre honneur, ils ne prenaient pas la parole, d'abord pour vous féliciter joyeusement de la haute distinction qu'un ministre athénien vient de conférer à la plus athénienne de nos grandes artistes, ensuite pour vous remercier de la magnifique collaboration que votre talent n'a cessé de leur apporter, enfin pour vous exprimer toute la peine qu'ils éprouvent de la décision que vous avez prise & qui va les priver de vous, alors qu'ils étaient en droit, & pour longtemps encore, de compter sur vous.

Avec tous vos admirateurs, c'est-à-dire tous les spectateurs, ils déplorent votre départ. Ils l'interprètent — c'est bien leur tour — comme la manifestation d'une des plus charmantes qualités de votre nature, la modestie.

Cette qualité, qui n'est peut-être pas celle que l'on rencontre le plus fréquemment dans les coulisses, conseille aux âmes pudiques & tendres de voiler l'éclat de leur personnalité & leur fait concevoir en elles-mêmes une moindre confiance que celle dont les autres leur accordent l'hommage justifié. Vous avez écouté trop tôt ces conseils insidieux; vous avez prêté une oreille trop complaisante aux suggestions de votre sensibilité qu'aurait offensée, comme une impardonnable faute, l'erreur d'une retraite imperceptiblement tardive. Pour ne pas courir le risque de dépasser l'heure d'une minute, vous l'avez volontairement avancée de plusieurs années.

Par ce geste d'une élégance prématurée, vous nous avez donné une occasion nouvelle d'admirer les rares qualités morales qui vous distinguent, mais aussi le droit de vous adresser d'affectueux reproches.

Et cependant il serait malséant d'insister, car nous devinons tous la grandeur du sacrifice que vous avez fait. Vous qui avez été la Bérénice rêvée, celle de Racine autrefois, celle du comte Albert du Bois hier, c'est en Bérénice que vous quittez la scène, puisque vous vous arrachez d'elle en lui conservant le plus pur de votre cœur & qu'elle vous voit partir en vous témoignant tant de regrets que, si vous consentiez à les entendre, vous renonceriez à l'abandonner.

Les classiques de la tendresse & de l'amour, de Sophocle à Marivaux, de Racine à Musset, n'ont pas connu d'interprète plus idéalement conforme aux héroïnes troublées, douloureuses, résignées ou passionnées qu'ils avaient conçues. Vous avez reçu de ces maîtres l'émotion sacrée & vous nous l'avez transmise parée de votre séduction personnelle.

Les auteurs dramatiques les plus illustres du théâtre contemporain ne vous doivent pas une moindre gratitude. Tous, depuis les grands disparus : Victor Hugo, Émile Augier, Dumas fils, Sardou, Pailleron, Meilhac, Jules Lemaître, Paul Hervieu, Octave Mirbeau, jusqu'à ceux qui ont la joie de pouvoir saluer aujourd'hui, en cette heure un peu solennelle, leur glorieuse interprète : Richepin, Brieux, Donnay, de Curel, Lavedan, Bernstein, Bataille, Trarieux, &c.; tous savent quelle dette de reconnaissance ils ont contractée envers celle que le public a surnommée « la Divine », à une heure cependant où l'âme humaine paraissait peu encline à peupler l'univers de déesses & de dieux nouveaux.

Il s'est créé là une sorte de religion qui, si elle a eu beaucoup de dévots, n'a jamais connu d'athée. C'était par la démarche que la déesse virgilienne s'attestait véritablement déesse. Vous, chère BARTET, c'est par votre voix que s'est révélée à nous votre divinité, par votre voix qui laissera dans tous les cœurs épris d'art & de beauté des échos dont notre souvenir attendri prolongera toujours en nous l'enchantement.

DISCOURS

DE MONSIEUR GEORGES BOYER

PRÉSIDENT

DE L'ASSOCIATION DE LA CRITIQUE

DRAMATIQUE ET MUSICALE.

MADAME,

C'est la Critique qui vient vous louer — comment ne le ferait-elle pas — & au nom de laquelle je vous exprime surtout des remerciements.

Pendant qu'on disait très éloquemment tout à l'heure ce que vous avez été, je songeais aux articles scientifiques dans lesquels on nous annonce, de temps à autre, qu'on a découvert au ciel une nouvelle étoile; on lui attribue alors un nom quelconque, celui d'une divinité mythologique par exemple; & je me demandais pourquoi on ne doterait pas plutôt cette étoile du ciel du nom d'une étoile de la terre. Vous me permettrez donc de proposer à l'Académie des Sciences, bien que ce ne soit guère ma fonction, qu'à la prochaine étoile découverte on donne le nom de Julia Bartet.

Et maintenant voici pourquoi le Président de la Critique tient à vous remercier chaleureusement. La Critique, qui est un personnage à deux visages, l'un sombre & l'autre souriant, n'a jamais eu à vous montrer que ce dernier.

C'est une si grande joie pour nous de pouvoir exclusivement admirer! Cette joie nous vous la devons; aussi, je vous remercie une fois de plus, au nom de tous mes camarades, souhaitant que vous nous fournissiez encore parfois le bonheur non pas de vous louer mais de dire du bien du vrai beau.

À JULIA BARTET

SONNET

PAR MONSIEUR SILVAIN

SOCIÉTAIRE - DOYEN
DE LA COMÉDIE - FRANÇAISE.

Bartet, l'honneur de la Maison,
Divine étoile, la première,
A l'heure où, quittant l'horizon,
Tu nous prives de ta lumière,

A l'heure où s'éloigne le son
De ta douce voix familière,
Pur clavier, sourire ou frisson,
Qui va de Racine à Molière,

Je te dis, encore une fois,
— Si je n'ai plus la même voix,
Mon cœur est demeuré le même,

Ce que je te disais jadis :
« Je t'admire autant que je t'aime,
Grisélidis, Grisélidis !... »

A JULIA BARTET

SONNET

PAR MONSIEUR RENÉ BERTON

DIT

PAR MONSIEUR ALBERT-LAMBERT

SOCIÉTAIRE DE LA COMÉDIE-FRANÇAISE.

Madame, s'il est vrai, comme a dit le Poète,
Que « partir c'est mourir un peu »..., déconcertés,
Nous pensons que l'image, hélas ! n'est pas complète,
Car c'est nous qui mourons un peu, quand vous partez !

Vous étiez le flambeau de toutes les clartés,
Avec vous jamais l'Art ne connut de défaite ;
Vous étiez la raison de toutes nos fiertés,
Au temple de nos dieux vous occupiez le faîte.

Vous avez incarné tous les rêves humains,
Et vous les emportez aux blancheurs de vos mains...
Mais votre image en nous reste toujours, Madame,

Et, tous, nous la voulons jalousement garder ;
Vous êtes là, vivante & pure, dans notre âme,
Et nous fermons les yeux pour mieux vous regarder.

TOAST

DE

MONSIEUR PAUL DESCHANEL

PRÉSIDENT DE LA RÉPUBLIQUE.

Je m'excuse auprès de vous : je dois rejoindre nos chers Alsaciens-Lorrains à l'Hôtel de Ville.

Avant de vous quitter, vous me permettrez de lever, à mon tour, mon verre en l'honneur de notre grande & incomparable artiste, Mme Bartet, en l'honneur de la Comédie-Française & de l'Art dramatique français, gloires de notre Patrie.

A NOTRE BARTET

POÉSIE DITE

PAR MADEMOISELLE MARIE LECONTE

SOCIÉTAIRE

DE LA COMÉDIE-FRANÇAISE.

Dans un rayonnement qui reſsemble à l'aurore
L'Hérodienne va, seule, selon son vœu...
En se penchant, on voit encor son voile, un peu,
On le voit encore !...

Et puis, le dernier pli flottant s'évanouit.
La lumière, soudain, s'altère & se dédore...
C'eſt par cœur, maintenant, que le regard la suit...
On l'entend encore !...

On écoute monter, un à un, les beaux mots.
Puis la divine voix décroît dans la tourmente.
Voici qu'elle se tait, &, dans la salle ardente,
La reſpiration devient un grand sanglot !

Mais la haute leçon d'amour & de courage
A trop bien en nous projeté
Sa force, qu'à nos cœurs imposait davantage
Tant d'auguste fragilité,

Pour que jamais, ô vous, reine passionnée,
Triomphale vaincue, & plus royale encor
D'apparaître découronnée,
Notre foi sans limite accepte votre sort.

Vos voiles bleus flottent toujours. Votre voix chère
Vibre toujours. Et, regardez : de blanc vêtu,
Quel est donc ce nouveau venu
Qui vous ressemble comme un frère ?

Beau fantôme, penché sur l'immense avenir,
Pensif & lumineux dans une apothéose,
Impérissablement voici le Souvenir
Couronné d'ancolie & tout nimbé de roses !...

DISCOURS
DE MONSIEUR GEORGES LE ROY
SOCIÉTAIRE
DE LA COMÉDIE-FRANÇAISE

AU NOM DES JEUNES ARTISTES DE LA MAISON.

Madame,

Nous vous demandons l'honneur de vous adresser le salut des Jeunes de la Comédie-Française.

A l'heure de nos premiers rêves, de nos premiers efforts, vous étiez déjà le symbole vivant de la Comédie elle-même, par l'harmonie de votre gloire & de votre distinction morale. Dès qu'elle nous eût conquis, nous vous avons aimée.

Plus tard, quand nous avons douté, vous nous avez réconfortés; & jamais votre porte n'est restée fermée quand nous sommes venus nous confier à vous; jamais votre voix tendre & loyale ne s'est tue quand nous avons eu besoin de l'entendre.

Devant les graves problèmes de demain, la Jeunesse de la Comédie croit au pouvoir de la bonté dont vous avez donné le suprême exemple. Permettez-lui de vous garder dans son cœur les mêmes sentiments qu'elle porte à la Maison que vous avez tant aimée vous-même, la vénération & l'amour reconnaissant.

A MADAME BARTET

SONNET

PAR MONSIEUR LIONEL LAROZE.

D'autres ont célébré le talent, le génie,
Et le charme & la grâce, & les dons précieux
Qui font de vous, Madame, en leur belle harmonie,
Un présent dont la terre est redevable aux cieux.

Vous nous avez rendu la Grèce & l'Ionie,
Où vous avez appris le langage des dieux.
Thalie & Melpomène, Euterpe & Polymnie
Vous ont faite Divine. Eh bien, vous êtes mieux

Et beaucoup plus, ayant cette rare noblesse :
Le respect de soi-même, & cette politesse :
La fidélité simple à l'illustre Maison

Qui vous doit tant de gloire... & pour nous vous implore.
Dites, jeune captive, exauçant l'oraison :
« Je ne veux pas partir encore ! »

DISCOURS

DE MONSIEUR FÉLIX HUGUENET

AU NOM

DES ARTISTES DRAMATIQUES FRANÇAIS.

MADAME,

Vous avez reçu ici les hommages de poètes, de littérateurs, de l'Administrateur de la Comédie-Française, des anciens de la Comédie-Française, des jeunes de la Comédie; il y manque un hommage : celui de tous les artistes de France.

Je viens donc, au nom des Artistes français, dont je suis le Président, vous apporter l'expression de leur gratitude, de leur admiration & de leur plus profond respect.

DISCOURS

DE MONSIEUR LÉON BÉRARD

MINISTRE

DE L'INSTRUCTION PUBLIQUE.

MADAME,

Je n'ai point pensé que la présidence de ce banquet fût exclue des pouvoirs d'un jour dont je demeure investi : je voudrais du moins l'exercer avec la discrétion qui convient à la précarité notoire de mon titre & de ma fonction.

Que ne puis-je parler uniquement en ami de la Comédie-Française & en admirateur de Mme Bartet! Ou bien que n'ai-je atteint à ce point de maturité sociale où il est permis, sans inconvenance, de s'abandonner à ses souvenirs & de suppléer à l'autorité par l'anecdote!

Je pourrais vous dire les vives impressions ressenties par un étudiant, d'esprit curieux & de rigoureuse formation provinciale, lorsqu'il lui fut donné d'entendre pour la première fois dans *Francillon* & dans *Denise* la grande artiste que nous célébrons. J'évoquerais en lui toute une jeunesse qui s'était plu aux syllogismes passionnés de Brunetière, aux grandes constructions de Taine, aux nobles considérations d'Eugène-Melchior de Vogüé. Je vous montrerais l'enthousiasme & le sérieux qu'elle apportait aux leçons du théâtre social & littéraire, cependant que l'art parfait de l'interprète lui donnait le sentiment de ce qui demeure, de ce qui ne date pas, de ce qui survit aux rêves & aux systèmes d'une génération.

Ce genre de confidence anecdotique m'est interdit. Je n'ai ici d'autre raison d'être que de représenter une suprême fois la hiérarchie & la tradition. Comme je souhaiterais de pouvoir vous les rendre aimables !

Quand on se propose de vous louer, Madame, vous qui êtes la grâce, l'intelligence, la nuance & la mesure, il faut se garder de l'emphase comme d'un outrage & peut-être de l'éloquence même comme d'une faiblesse. Entre ce danger & un autre où la peur du premier pourrait nous conduire, la hiérarchie risque de se trouver fort mal à l'aise. Il convient cependant qu'elle parvienne à s'exprimer & il est juste qu'elle vous apporte aujourd'hui son hommage.

Vous avez toujours reconnu ses droits & admis

que ses commandements étaient légitimes. Comment ne vous serait-elle point profondément reconnaissante de lui avoir donné beaucoup de gloire sans jamais lui causer aucun souci? La Comédie-Française, suivant la définition de Jules Lemaître, est une république corrigée par le pouvoir absolu du Ministre. Sans trop vous demander, je crois, s'il n'y aurait pas d'autres façons de corriger les républiques, vous avez accepté de soumettre votre destinée d'artiste aux règles de ce compromis impérial. Alors que vous allez changer de tyran, oserai-je vous féliciter d'avoir été une comédienne disciplinée & modeste?... Les auteurs dramatiques, mes amis, qui sont assis à cette table, m'ont confié qu'aux répétitions, loin de leur donner des conseils, vous en acceptiez d'eux & dont ils n'étaient pas toujours très sûrs. Vous avez cru que l'intérêt de l'art vous commandait moins de réformer la Maison que de la servir. Et nous sommes nombreux à penser que votre carrière a plus fait pour le prestige du théâtre en France que tout le zèle social que vous auriez pu dépenser à lui donner des directions nouvelles.

Je ne me dissimule point qu'à vous décerner de telles louanges je risque d'encourir certains reproches. N'est-il pas singulier de louer avant tout, d'une telle artiste, sa discrétion, son désintéressement & une sorte de loyalisme professionnel?

J'en tomberais d'accord, si ces mérites ne tenaient étroitement à des dons plus éclatants & plus rares. Je ne me suis permis de les invoquer, Madame, que pour admirer en vous l'harmonieux accord du talent & de l'âme, de la vocation & de la personnalité. Vous avez voué & subordonné votre vie à l'art — à l'art entendu par ses côtés les plus nobles — & votre vie en a reçu comme une noblesse de manière & de style qui devait s'opposer aux excentricités bruyantes où triomphe aisément la médiocrité! En célébrant la parfaite sociétaire que vous fûtes, je n'oubliais pas l'inimitable Bérénice que vous restez. Je me plais à imaginer qu'elles se formèrent toutes deux aux mêmes disciplines & qu'elles sont solidaires, comme nous disons : ce qui peut signifier que la sagesse de l'une se confond avec le charme & la subtile harmonie de l'autre.

Si vos triomphes furent égaux dans le moderne & dans le classique, vous serez surtout racinienne dans notre souvenir. Vous avez dialogué & vécu, chez Racine, avec des personnages que les passions extrêmes ne détournent jamais de la bienséance & des règles du bon langage. Humanistes sanguinaires, frénétiques de bonne compagnie, ces héros vous ont appris que l'art pouvait tout exprimer de la vie par les moyens les plus simples & sans renoncer à une certaine urbanité. De là le goût parfait

& la délicatesse de style par quoi vos créations les plus réalistes se rattachent à la tradition classique. Comme vous avez trouvé la gloire en fuyant le bruit & l'éclat, vous nous avez prodigué l'émotion sans tomber dans cet abus moderne du superlatif qui est le principe de bien des dérèglements de l'esprit.

C'est ajouter à l'hommage que nous vous rendons que de former des vœux pour le maintien de l'art & de la tradition que vous avez glorieusement servis.

*
* *

La Comédie-Française, depuis cent ans au moins, est en butte à des difficultés & à des polémiques à peu près constantes, cependant que le public lui témoigne une faveur sensiblement égale. Vers 1834-1836, comme la part de sociétaire était tombée à 1,122 francs, il y eut, à la Chambre, de grands débats. Deux députés — qui n'étaient pas des romantiques, M. Charlemagne & M. Vatout — épuisèrent toutes les critiques qui peuvent être adressées à l'institution. Le décret de Moscou fut par eux mis en morceaux. M. Thiers, Président du Conseil, ne dédaigna point d'intervenir en personne & d'engager le Cabinet. Il déclara qu'aucune partie de son administration ne l'avait autant préoccupé que la gestion du Théâtre-Français.

M. Thiers, qui supportait mal certaines attaques, savait bien qu'il eût moins risqué à révoquer son ambassadeur à Londres qu'à mécontenter, dans les théâtres, les artistes admirés de l'opposition. La question de la Comédie-Française se trouve fixée en ses termes immuables, & traitée à fond dans ces vieux feuillets de notre répertoire parlementaire. La critique la plus ingénieusement malveillante ne devait rien trouver de nouveau après M. Charlemagne & M. Vatout.

L'avenir de votre Maison, plus généralement l'avenir du théâtre peuvent dépendre en quelque mesure, je n'en disconviens pas, de réformes législatives ou réglementaires. Permettez-moi de penser qu'ils dépendent surtout de l'éducation du goût public, de la formation des artistes, de la condition qui sera faite aux auteurs dramatiques capables de créer & d'écrire. La question est de savoir si une basse plastique & des chorégraphies équatoriales l'emporteront chez nous sur le théâtre littéraire. Et la question est d'importance. Il ne peut me convenir d'en discuter en ce moment. Vous ne m'en voudrez point de l'avoir posée, si l'admiration même qui nous a réunis ici vous incline à aborder avec confiance tout ce problème de l'avenir intellectuel.

La grande artiste que nous fêtons aura personnifié, par son art délicat & par sa vie harmonieuse, les dons les plus précieux de l'art & de l'esprit français. L'adieu que nous lui adressons, s'il n'est point sans un grand regret, est cependant sans tristesse, puisqu'elle nous laisse sa gloire & son exemple. Et, parce qu'elle a été égale aux hautes pensées que son art a fait vivre, je puis dire qu'en levant mon verre en l'honneur de Mme Bartet, je bois à la suprématie de l'intelligence française, à tout ce que nous aimons, à tout ce que nous voulons sauver!

Madame, j'accomplis le dernier acte de ma brève carrière en vous remettant, au nom du Gouvernement dont les fonctions prendront fin légalement demain, les insignes du grade auquel vous avez été élevée dans l'ordre de la Légion d'honneur.

Je suis de ceux qui se disent souvent, quand ils sont ministres, que le plus important & le plus agréable, c'est de l'avoir été. Encore est-il qu'il n'est pas toujours permis à un Ministre de soigner ses derniers moments. Grâce à vous, Madame, qui venez embellir mon crépuscule d'un reflet de votre gloire, grâce à l'ardente & indulgente sympathie des amis qui m'entourent, ma fin est telle que je n'eusse jamais osé la souhaiter.

J'avais reçu le portefeuille de l'Instruction publique des mains d'un écrivain français pour qui l'action aura été la sœur du rêve, Georges Clemenceau. Et ce portefeuille, je le dépose aujourd'hui, dans cette fête de l'art & de la beauté, en présence du nouveau Chef de l'État, de qui l'œuvre, le talent & la vie attestent hautement le profond attachement aux choses de l'intelligence & aux grands intérêts spirituels de la Patrie. J'ose me féliciter d'un tel bonheur.

TABLE.

www.ingramcontent.com/pod-product-compliance
Ingram Content Group UK Ltd.
Pitfield, Milton Keynes, MK11 3LW, UK
UKHW020356220726
13923UKWH00004B/1640

9 782019 315627